月光情批

李桂媚台語詩集

【總序】
台灣詩學吹鼓吹詩人叢書出版緣起

蘇紹連

　　「台灣詩學季刊雜誌社」創辦於一九九二年十二月六日，這是台灣詩壇上一個歷史性的日子，這個日子開啟了台灣詩學時代的來臨。《台灣詩學季刊》在前後任社長向明和李瑞騰的帶領下，經歷了兩位主編白靈、蕭蕭，至二○○二年改版為《台灣詩學學刊》，由鄭慧如主編，以學術論文為主，附刊詩作。二○○三年六月十一日設立「吹鼓吹詩論壇」網站，從此，一個大型的詩論壇終於在台灣誕生了。二○○五年九月增加《台灣詩學‧吹鼓吹詩論壇》刊物，由蘇紹連主編。《台灣詩學》以雙刊物形態創詩壇之舉，同時出版學術面的評論詩學，及以詩創作為主的刊物。

　　「吹鼓吹詩論壇」網站定位為新世代新勢力的網路詩社群，並以「詩腸鼓吹，吹響詩號，鼓動詩潮」十二字為論壇主旨，典出自於唐朝‧馮贄《雲仙雜記‧二、俗耳針砭，詩腸鼓吹》：「戴顒春日攜雙柑斗酒，人問何之，曰：『往聽黃鸝聲，此俗耳針砭，詩腸鼓吹，汝知之乎？』」因黃鸝之聲悅耳動聽，可以發人清思，激發詩興，詩興的激發必須砭去俗思，代以雅興。論壇的名稱「吹鼓吹」三字響亮，而且論壇主旨旗幟鮮明，立即驚動了網路詩界。

　　「吹鼓吹詩論壇」網站在台灣網路執詩界牛耳是不爭的事

實，詩的創作者或讀者們競相加入論壇為會員，除於論壇發表詩作、賞評回覆外，更有擔任版主者參與論壇版務的工作，一起推動論壇的輪子，繼續邁向更為寬廣的網路詩創作及交流場域。在這之中，有許多潛質優異的詩人逐漸浮現出來，他們的詩作散發耀眼的光芒，深受詩壇前輩們的矚目，諸如鯨向海、楊佳嫻、林德俊、陳思嫻、李長青、羅浩原、然靈、阿米、陳牧宏、羅毓嘉、林禹瑄……等人，都曾是「吹鼓吹詩論壇」的版主，他們現今已是能獨當一面的新世代頂尖詩人。

「吹鼓吹詩論壇」網站除了提供像是詩壇的「星光大道」或「超級偶像」發表平台，讓許多新人展現詩藝外，還把優秀詩作集結為「年度論壇詩選」於平面媒體刊登，以此留下珍貴的網路詩歷史資料。二〇〇九年起，更進一步訂立「台灣詩學吹鼓吹詩人叢書」方案，鼓勵在「吹鼓吹詩論壇」創作優異的詩人，出版其個人詩集，期與「台灣詩學」的宗旨「挖深織廣，詩寫台灣經驗；剖情析采，論說現代詩學」站在同一高度，留下創作的成果。此一方案幸得「秀威資訊科技有限公司」應允，而得以實現。今後，「台灣詩學季刊雜誌社」將戮力於此項方案的進行，每半年甄選一至三位台灣最優秀的新世代詩人出版詩集，以細水長流的方式，三年、五年，甚至十年之後，這套「詩人叢書」累計無數本詩集，將是台灣詩壇在二十一世紀中一套堅強而整齊的詩人叢書，也將見證台灣詩史上這段期間新世代詩人的成長及詩風的建立。

若此，我們的詩壇必然能夠再創現代詩的盛唐時代！讓我們殷切期待吧。

二〇一四年一月修訂

【推薦序】
用真情寫出土地的歌詩
——讀李桂媚台語詩集《月光情批》

向陽

　　李桂媚是我佇台北教育大學教過的學生，長期擔任我國科會計畫的研究助理，一直到伊卒業為止。佇學校的期間，伊誠認真研究，做代誌嘛誠頂真，予我真放心共代誌交予伊處理。伊讀大學的時，捌參加過華岡詩社，對現代詩有相當認捌佮興趣，毋過佇學的時並無看伊寫過詩，這十外年來，伊開始寫現代詩，兩年前出版第一本詩集《自然有詩》，用華語寫，伊用真情寫詩，帶淡薄仔浪漫的情調，行出嬌氣的第一步。

　　這本《月光情批》是伊的第二本詩集，嘛是伊的第一本台語詩集。雖然干焦有二十五首作品，數量有較少，毋過每一首詩攏真耐讀，一方面延續伊第一本詩集的整體風格，用生活的語言，寫土地的歌詩；用抒情的浪漫，寄心內的感慨；另外一方面，伊的台語用字、用詞嘛誠幼路，會當展現台語美妙的聲韻佮實腹的感情。親像用做冊名的〈月光情批〉，伊用五節寫對土地幽微的感情，第一節按呢寫：

　　　天，微微仔光
　　　風，輕聲細說
　　　行過雙叉的小路

5

月娘寫佇土地的詩
閃閃爍爍……

月光對樹葉仔空縫
發穎，每一滴露水
攏是春天的芳味
有夢的所在
就有照路的花蕊

「每一滴露水／攏是春天的芳味／有夢的所在／就有照路的花蕊」，這是誠影目的詩句，伊共俗語所講「一枝草，一點露」轉化做月光暝的祈禱詞，予人感覺心肝頭真燒烙。〈月光情批〉這首詩會當得著教育部閩客語文學獎（閩南語現代詩社會組第二名），可見桂媚掌握台語的功力，已經得著多數評審的肯定。

這本詩集，按照寫作的題材，分做三卷。第一卷收五首作品，除了〈月光情批〉，猶有〈走揣你的名〉、〈島嶼的眠夢〉、〈毋知影〉佮〈島嶼印象〉，看題目就知，攏是寫予台灣這片土地的詩。遮的詩，有的寫台灣的故事、有的寫對台灣的深情，亦有寫少年輩對台灣農業的無知無感……，整個來講，桂媚對土地用情誠深，遮的詩會用得看做是伊對台灣的愛佮願望。

第二卷的卷名號做「純園歌聲」，其中〈純園歌聲〉、〈純園故事〉、〈有心〉、〈徛家〉四首，攏是寫予詩人吳晟的詩篇，「純園」是吳晟為著紀念母親起造的樹園，這四首作品用心用情，刻畫吳晟寫作佮退休後造林的土地之愛，攏看會著桂媚的「有心」：

三十六歲的我

沓沓仔，抾三十六粒

紅吱吱的心事起來

這粒是保護生態的心

彼粒是母語傳承的心

猶閣有感謝天地的心

暗暝誠長

咱仝心為島嶼寫詩

等待江湖有光

每一粒種子，攏是

為著明仔載的堅持

佮向望

　　就親像吳晟仝款，桂媚嘛欲為島嶼寫詩，用「保護生態的心」、「母語傳承的心」參「感謝天地的心」。這首〈有心〉敢若是伊寫這本台語詩集用心的所在。另外猶有寫予詩人陳胤、寫予《吹鼓吹》詩人的詩，嘛攏寫出這款的深情佮意愛。

　　最後一卷號做「寫生」，收入〈寫生〉、〈夜景〉、〈相思〉、〈雨〉和〈思慕〉……等十首作品，攏是短詩。短詩好寫嘛歹寫，字句無濟，四五逝就結尾，看起來若親像免用偌濟時間；毋過若無奇巧的想法、新鮮的寫法，就無法度引起讀者的共感。桂媚寫〈寫生〉，短短五逝：「毋知海洋有偌大／逐暗佇頭殼四界泅／想欲掠一尾發金的魚／飼啉格仔紙／寫生」，就是想法奇巧的好詩。海洋佮魚，园佇頭殼內底，將創作（寫生）的情

7

境寫到活跳跳；想欲掠魚來「飼咧格仔紙」，閣較是誠精彩的表現。〈思慕〉四逝：「伊愛我，伊無愛我……／花蕊偷偷仔吐大氣／愛情，就對思念的芳味／開始」，用「花蕊偷偷仔吐大氣」形容少女思春的感覺，毋但影目，嘛真心適。

　　論真來講，桂媚這本台語詩集《月光情批》會用講攏是情詩，伊寫土地的愛、寫詩人的情、嘛寫生活的感受。規本詩冊，攏總用真情咧寫，特別動人。毋過，干焦二十五首，檢采有淡薄仔不足，有一款讀了袂夠氣的感覺，這就愛靠伊未來繼續寫、繼續拚，寫出閣較濟好作品，來證明伊有才調佇台文書寫的這條路頭見著光。毋管如何，桂媚初踏出的跤步已經會用講是誠穩健矣，我欲套用伊寫佇〈純園故事〉的詩句，向望伊用溪水做筆，用塗跤做紙，親像濁水溪全款，一步一跤跡，寫出閣較濟無全款的風景！

【推薦序】
溫柔哼唱的母土之歌：
《月光情批》讀後

王文仁
（國立虎尾科大通識中心專任教授）

　　好友桂媚剛在二〇一七年年底出版了她的第一部詩集《自然有詩》，剛過一段時間，她又集結了得獎與發表過的台語詩詩作二十五首，準備出版第二本詩集《月光情批》。

　　桂媚開始密集接觸台語詩，是在就讀北教大、修習向陽老師的「台語文學專題」時，也是那時她才第一次發現，原來台語的天地是那樣的廣闊。在那之後，她努力了好幾年，終於可以用台語來寫詩，寫出自己的心內話。這些年，陸續讀過桂媚的不少作品，我認為她的台語詩比之於華語詩，更讓她深刻且自在的表達自己。像是呼吸般自然的，她讓這個島嶼的風和日麗、流水潺潺乃至於月光遍灑，輕易地走入詩中；而她的語調總是溫柔的，反覆哼唱著屬於這塊母土的情歌。

　　這本詩集的名稱，來自於卷一的首詩〈月光情批〉。這首詩是桂媚生平第一次的得獎之作，也是她召喚著母土之情的序曲。詩中以月光捎來情批，寄寓了對福爾摩沙之地的愛。詩的首段，從月娘總在這塊土地上寫詩說起，用「露水」來點出春天的芳味，用「有夢的所在」來點出我們的母土是個適合作夢之處。接著在二、三、四段輪番登場的，是夏日黃昏的細雨、落雨天多情

9

的山崙以及變化如世事的雲，這些日常中容易被忽略的情景，正是妝點著島嶼之美的要角。到了最後一段，詩人拉出廣闊的海，以海上明月之姿呼喚著：

> 海岸共時間
> 一痕一痕鑢白
> 光線浮浮沉沉
> 島嶼，淡薄仔
> 安靜
>
> 現此時
> 是月娘上嬌的時
> 用一世人寫情批
> 等待天地
> 漸漸明

　　詩的最後兩句「等待天地／漸漸明」，既是月娘的心情，何嘗不是寄望著這塊島嶼能夠更加美好的企盼。「島嶼」始終是這部詩集最關鍵的語詞，在卷一另外的四首詩中，就還有〈島嶼的眠夢〉、〈島嶼印象〉這兩首以「島嶼」為名的詩作。至於〈走揣你的名〉，那需要「走揣」的，也正是過往消失在我們歷史、地理課本上的「大員、台員、大灣／攏是你的名」。
　　詩集的第二卷，題為「純園歌聲」。「純園」是吳晟老師原生樹林之夢的秘密基地，在〈純園歌聲──台語詩野餐寫真〉中，詩人刻意把吳晟種樹的志業，跟植根母土的母語教育聯繫起來：「咱恬恬佇塗跤／共詩的記持種落去／樹栽一工一工大漢／

母語嘛會繼續生湠」。在〈純園故事〉中，詩人則又進一步的把「濁水溪」，這個吳晟土地書寫中最最關切者給包攏了進來：

> 真濟年了後
> 才知影
> 溪水是筆
> 塗跤是紙
> 人生親像濁水溪
> 每一步跤跡
> 攏是無仝款的風景

這幾句詩句，道盡了吳晟創作與生命的重心，也是生長在這塊土地之上的中南部子民，共同的經歷與回憶。至於〈有心〉、〈徛家〉兩首，寫的也都是吳晟保護生態、護衛母土、為島嶼寫詩的堅持與熱情。

卷三的十一首短詩，寫的則是生活中的總總觀察，既有對情感細膩的勾勒，也有對母土美好的期望。這些既是「寫予天地的情詩」（〈雨〉）、是「刻佇心內的風景」（〈眠夢〉），也是在訴說著「青春是一張閣一張／日頭光寫的批」（〈夢想〉）。在這本詩集的〈後記〉中，桂媚說她從來沒想過自己有一天會寫出一本台語詩集。事實上，她一直在追隨著向陽、吳晟這兩位文學前輩，走著屬於自己的創作之路。我相信，不久的將來，她又會繼續交出令人期待之作。而這些「自然」而成的詩作，也無非都是真心，也無非都是可見的真情。

11

【推薦序】
語言與土地之間的內在連結
──淺論《月光情批》

陳政彥

（國立嘉義大學中文系副教授）

　　《月光情批》的篇幅不多，精緻的二十五首詩展現了桂媚作為台語女詩人崛起的美好啟程，或許仍未有發現新大陸這般的壯舉，但揚帆啟航的姿態無疑是漂亮的。

　　仔細閱讀這本小集，可以發現詩人在意象的抉擇上有著明顯的取向，那就是幾乎只用大自然景色作為寄託的喻依，喻體始終是台灣土地。

　　從詩作篇幅較長的卷一來看，就可以看到桂媚的關懷，〈月光情批〉從月光遍照的大地說起，從天上星，地上奔流的河，到黃昏的山巒，不斷變換的自然景物，卻又不離台灣常見的鄉間風景，構成一幅回憶中我們所深深眷戀的鄉土畫面。而後〈走揣你的名〉咀嚼台灣名字的由來到流傳，〈島嶼的眠夢〉由島嶼之夢牽引出原住民血統中南島語系跨海環繞的血脈牽連，〈毋知影〉感嘆於學生對台灣歷史的無知，對務農生活的排斥，〈島嶼印象〉極其動人，意涵最深，其含義文後將進一步討論。

　　卷二則是桂媚定根彰化、關注大台中地區詩人群的在地書寫。純園的命名有吳晟緬懷母親的孝思，同時也有關懷土地堅持無農藥復育造林的深意，幾首在純園中獲得靈感的詩，其中可見

與前輩詩人吳晟之間的深刻情誼。熟識桂媚的朋友都知道,她夢想要寫一本吳晟、一本向陽的專書,詩集除了寫給吳晟的詩作,當然也少不了與向陽相關的作品,〈靈感〉以「有光的所在／詩,就徛會在」收尾,是她對文學的看法,更是向陽引導她展開詩人之路的隱喻。陳胤亦是長年堅持台語創作的台語詩人,屢獲大獎,但始終堅持站在彰化土地上用詩高歌母語的可貴。卷二顯然是中部詩人之間,同樣愛土地愛母語的知音之語。

卷三則相對回到生活場景,字裡行間透著女詩人特有的抒情氣質,自然地運用台語敘述著月光與土地、遺憾與不平、生活中點點滴滴不可避免的悲喜。一如這首〈思慕〉:

> 伊愛我,伊無愛我……
> 花蕊偷偷仔吐大氣
> 愛情,就對思念的芳味
> 開始

對愛情的期待懸疑在沒有解答的懷疑當中,若有似無的思念,隨著花香隱約飄送,一首溫婉可人的小令。從新詩色彩學研究展開詩路的桂媚,同時也是擅長人物肖像與編輯的好手,吹鼓吹詩論壇上時常可見其安排的視覺巧思。卷三中她發揮所長,讓詩與自己拍攝的照片相互呼應,互相補足。留意影像與詩的論述者,當可從中發掘出不少值得討論的材料。

貫串三卷,我覺得最值得思考的是,桂媚筆下的詩句,總是充滿大自然元素,這點我們從關懷台灣的卷一,到書寫鄉土的卷二,至寫生活閒情的卷三,處處可見星月山河,搭配桂媚選詞構句的習慣,構成了本詩集特有的情調。此一特色讓人聯想起生態

女性主義者的主張。

在父權主義的壓迫之下，我們可以觀察到女性被自然化，自然被女性化，而二者則同時被男性宰制著，也因此女性與自然都受到極大的迫害／破壞。生態女性主義相信每個人的內在，都是具有與自然互相依存，與世界多元萬象和平共處的創造力與包容力。台語詩的提倡當然有打破語言霸權之企圖，但本詩集展現出不是企圖挑戰霸權的姿態，更多的是找尋出台語對土地對生活之間的內在連結。如果從這點來看，〈島嶼印象〉著實精彩。詩中從台灣大自然生態尚未被破壞的樣貌展開：

> 日時，雨輕輕行過
> 樹林的小路
> 樹仔跤有水鹿仔的形影
> 嘛有Hinoki的芳味

水鹿在森林中漫步，蝴蝶掙扎著飛向高空，原住民獵人專注狩獵，部落裡女性編織衣服，遠處玉山安靜凝視著這初始的台灣。但是接著戰爭的陰影，被殖民的苦痛，白色恐怖時期的肅殺，輪番在台灣上演，但這些部分在本詩中都被自然意象包裹住，彷彿詩人疾呼，放下這些由於企圖控制所造成的傷痛，我們應該向包容萬物的大自然學習，如何與異己和平共處。一如詩的最後一段想傳達的訊息：

> 黃昏的時陣
> 雨，猶原咧落
> 親像島嶼唱未煞的歌

藏佇心肝底
暗暝的雨微微
風嘛微微
著時就是好光景
用心看天地
幸福，就無分長抑短

　　風雨微微的黃昏，用心感受天地之美，放下歧見彼此包容，桂媚詩中嚮往的境界，值得這片土地上因為不同主張而紛擾躁動的人們，細細品味。

目次

卷一　月光情批

卷二　純園歌聲

卷一

月光情批

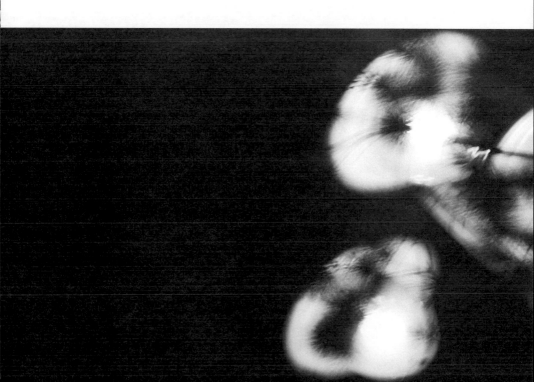

月光情批

（一）

天，微微仔光
風，輕聲細說
行過雙叉的小路
月娘寫佇土地的詩
閃閃爍爍……

月光對樹葉仔空縫
發穎，每一滴露水
攏是春天的芳味
有夢的所在
就有照路的花蕊

（二）

熱天的水
恬恬仔流

黃昏的綿綿仔雨
親像月娘的歌聲
起起，落落
飛入阮的心肝底

天星佇暗暝
走揣青春的跤跡
一爍一爍
是啥人的相思

（三）

茫茫渺渺的
落雨天
雲，佇多情的山崙
一陣閣一陣，佮目屎
覕相揣

田園是遐爾仔清
島嶼的花，猶未開
今仔日的月娘
會有記持的溫柔
抑是無透光的稀微

（四）

天頂有烏烏的雲
嘛有白茫茫的電火
樹林的彼爿
是寂寞的厝

世事變化若海湧
有時懸，有時低
想袂透的心事
佳哉有月娘
來做伴

（五）

海岸共時間
一痕一痕鑢白
光線浮浮沉沉
島嶼，淡薄仔
安靜

現此時
是月娘上嬌的時
用一世人寫情批
等待天地
漸漸明

——106年教育部閩客語文學獎
　　閩南語現代詩社會組第二名

【台音義注】

微微仔（bî-bî-á）：一點點。

佇（tī）：在。

對（tuì）：從。

發穎（puh-ínn）：發芽。

攏是（lóng sī）：都是。

芳味（phang-bī）：芳香的氣味。

所在（sóo-tsāi）：地方。

恬恬（tiām-tiām）：靜靜。

暗暝（àm-mê）：夜晚。

走揣（tsáu-tshuē）：到處尋找。

跤跡（kha-jiah）：腳印。

爍（sih）：閃爍。

啥（siánn）：什麼。

佮（kah）：和。

覕相揣（bih-sio-tshuē）：捉迷藏。

遐爾仔（hiah-nī-á）：那麼。

猶未（iáu-buē）：尚未。

記持（kì-tî）：記憶。

抑是（iàh-sī）：還是。

稀微（hi-bî）：寂寞、寂寥。

嘛（mā）：也。

彼爿（hit pîng）：那邊。

懸（kuân）：高。

袂（bē）：不。

佳哉（ka-tsài）：還好。

共（kā）：把。

鑢（lù）：刷。

淡薄仔（tām-pòh-á）：一點點。

現此時（hiān-tshú-sî）：現在。

上媠（siōng-suí）：最美。

走揣你的名

細漢的時，咱的地圖
是一片澎風的海棠葉仔
印佇薄薄的課本
無現此時的番薯
嘛毋知世界佮未來

真久真久以後
阮才知影
烏水溝是埋冤的所在
大員、台員、大灣
攏是你的名

大學的時陣
小說予我一支鎖匙
拍開福爾摩沙的匣仔
原來，咱的土地
西拉雅族叫伊台窩灣

時間親像海湧
浮浮沉沉的海島猶原美麗

阮徛佇二十一世紀
繼續走揣你的形影
等待番薯開花的清芳

——2017年6月《半線文化》第28期

【台音義注】

走揣（tsáu-tshuē）：到處尋找。

細漢（sè-hàn）：小時候。

佇（tī）：在。

現此時（hiān-tshú-sî）：現在。

嘛（mā）：也。

毋知（m̄ tsai）：不知道。

佮（kah）：和。

知影（tsai-iánn）：知道。

所在（sóo-tsai）：地方。

攏是（lóng sī）：都是。

時陣（sî-tsūn）：時候。

予（hōo）：給予。

拍開（phah-khui）：打開。

屜仔（thuah-á）：抽屜。

親像（tshin-tshiūnn）：好像。

海湧（hái-íng）：海浪。

猶原（iu-guân）：仍舊。

徛（khiā）：站立。

清芳（tshing-phang）：清香。

島嶼的眠夢

聽講，台灣人是天下的祖先
阿啄仔用電腦，寬寬仔算出
海島，毋但是荷蘭講的好奶牛
嘛帶著血緣
地球頭來到地球尾

聽講，彼當時祖公行路到台灣
冷吱吱的冰河
將台灣、亞洲大陸、東洋
連連做一夥
塗跤佮海水，中央猶無畫界線

聽講，南島語系全世界上濟
鹿仔樹淀作長長的樹皮布
寫出搬徙的地圖
台灣原住民對遮出發
展開文化藝術的花蕊
天邊海角，百百款

聽講，四面環海予台灣開放自由
聽講，民族多元予伊面容嬌閣巧
為啥物，千講萬講攏是聽人講
台灣的故事，咱一句嘛袂曉講

島嶼佇眠夢內吐大氣
敢講是對歷史熟似少
猶是無心肝
才會看未著故鄉的溫存

【台音義注】

阿啄仔（a-tok-á）：外國人。

寬寬仔（khuann-khuann-á）：慢慢地。

毋但（m̄-nā）：不只。

嘛（mā）：也。

彼當時（hit-tong-sî）：當年。

塗跤（thôo-kha）：地面。

佮（kah）：和。

猶無（iàu-bô）：還沒有。

上濟（siōng tsē）：最多。

鹿仔樹（lók-á-tshiū）：構樹。

湠（thuànn）：蔓延、擴散。

搬徙（puann-suá）：移動。

遮（tsia）：這裡。

予（hōo）：給予。

媠（suí）：美麗。

巧（khiáu）：聰明、技術高明。

為啥物（uī-siánn-mih）：為什麼。

攏是（lóng sī）：都是。

袂曉（bē-hiáu）：不會。

佇（tī）：在。

吐大氣（thóo-tuā-khuì）：深深的嘆息。

敢講（kám-kóng）：難道說。

熟似（sik-sāi）：認識。

猶是（iàu-sī）：還是。

溫存（un-tsûn）：撫慰。

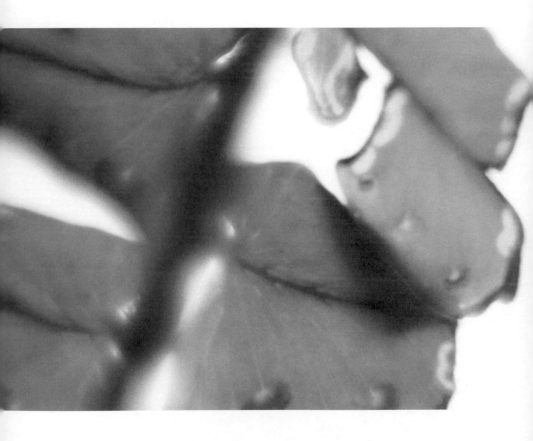

毋知影

我佇教室講著
台灣農產百百款
學生囡仔頭幌幌
in，連果子攏毋捌剖過

我講起2003年
白米做炸彈的抗爭
學生囡仔也是頭幌幌
毋知影這段歷史

我問學生囡仔
後擺欲種田無？
in猶原頭幌幌
愛嬌，上驚曝日頭

下課了後
我捀飯包直直咧想
食，是阿母佮阮的記持
學生囡仔哪會看袂著
農業就是生活

【台音義注】

毋知影（m̄ tsai-iánn）：不知道。

佇（tī）：在。

頭幌幌（thâu- hàinn- hàinn）：搖搖頭。

in：他們。

攏（láng）：都。

毋捌（m̄ bat）：不曾。

刣（thâi）：切。

後擺（āu-pái）：將來。

欲（beh）：想、要。

猶原（iu-guân）：仍然。

媠（suí）：美麗。

上驚（siōng- kiann）：最怕。

曝日頭（phak-jit-thâu）：曬太陽。

择（phâng）：用手端著。

佮（kah）：和。

記持（kì-tî）：記憶。

袂（bē）：不。

毋知影

島嶼印象

日時，雨輕輕行過
樹林的小路
樹仔跤有水鹿仔的形影
嘛有Hinoki的芳味
蝶仔，佇熱天佮秋天之間
攕烏透紅的葵扇
飛過樹蔭
遮是上蓋懸的玉山

時代的雨
一陣，一陣
野生的百合花
恬恬生佇草仔埔
對雨縫發穎
開出白蔥蔥的花蕊
雨毛仔是島嶼的目屎
烏雲了後
天，總是會清

雲，來到山的彼爿
布袋戲無簡單
武俠故事搬做電影
親像雷公爍爁
金光閃閃
歌仔戲講人生
舊情綿綿的哭調仔
牽連著
坎坎坷坷的運命
枝葉寬寬仔湠

日頭漸漸欲落山
雨水偷偷仔
共時間淋做白頭鬃
一寸一寸攏是傳承
原住民的手路實在巧
織布、刺花閣雕刻
用無仝款的花草
畫出微微的彩光

黃昏的時陣
雨，猶原咧落
親像島嶼唱未煞的歌
藏佇心肝底
暗暝的雨微微
風嘛微微
著時就是好光景
用心看天地
幸福，就無分長抑短

【台音義注】

樹仔跤（tshiū-á-kha）：樹下。

嘛（mā）：也。

Hinoki：檜木。

芳味（phang-bī）：芳香的氣味。

佇（tī）：在。

佮（kah）：和。

撆（iàt）：搧。

烏透紅（oo-tòo-âng）：暗紅色、黑裡透紅。

葵扇（khuê-sìnn）：扇子。

遮（tsia）：這裡。

上蓋懸（siōng-kài-kuân）：最高。

恬恬（tiām-tiām）：靜靜。

草仔埔（tsháu-á-poo）：草坪。

對（tuì）：從。

發穎（puh-ínn）：發芽。

雨毛仔（hōo-mn̂g-á）：毛毛雨。

彼爿（hit pîng）：那邊。

雷公爍爁（luî-kong sih-nah）：打雷閃電。

寬寬仔（khuann-khuann-á）：慢慢地。

湠（thuànn）：蔓延、擴散。

欲（beh）：要。

共（kā）：把。

攏是（lóng sī）：都是。

巧（khiáu）：技術高明。

無仝款（bô-kāng-khuán）：不一樣。

猶原（iu-guân）：仍然。

時陣（sî-tsūn）：時候。

煞（suah）：終止。

暗暝（àm-mê）：夜晚。

著時（tióh-sî）：當季。

抑（iàh）：或。

卷二

純園歌聲

純園歌聲
——台語詩野餐寫真

青青青的樹仔園
是一齣閣一齣
搬袂煞的電影

葉仔縫的日頭光
勻勻仔行過田園
共風聲、鳥仔聲
攏變作迷人的歌

咱恬恬佇塗跤
共詩的記持種落去
樹栽一工一工大漢
母語嘛會繼續生湠

【台音義注】

袂（bē）：不。

日頭光（jit-thâu-kng）：陽光。

匀匀仔（ûn-ûn-á）：慢慢地、小心謹慎地。

共（kā）：把。

攏（lóng）：都。

恬恬（tiām-tiām）：靜靜。

佇（tī）：在。

塗跤（thôo-kha）：地面。

記持（kì-tî）：記憶。

樹栽（tshiū-tsai）：樹苗。

一工（tsit kang）：一天。

大漢（tuā-hàn）：長大。

嘛（mā）：也。

生湠（senn-thuànn）：生育繁殖。

純園故事

時間是長長的溪水
綴山的彼頭
流過田園
流過阿母的青春
流轉來咱的塗墼厝

平凡的生活
有時恬靜
有時又閣雨水落袂停
有伊做伴
重重疊疊的日子
攏是故事

真濟年了後
才知影
溪水是筆
塗跤是紙
人生親像濁水溪
每一步跤跡
攏是無仝款的風景

【台音義注】

綴（tuè）：跟、隨。

塗墼厝（thôo-kat-tshù）：三合院、土塊做的房子。

袂（bē）：不。

攏是（lóng sī）：都是。

真濟（tsin-tsē）：很多。

知影（tsai-iánn）：知道。

塗跤（thôo-kha）：地面。

跤跡（kha-jiah）：腳印。

無仝（bô-kāng）：不一樣。

有心

十月的風，微微
烏心石圓滾滾的樹子
披甲規塗跤
親像純園的目屎
恬恬咧操煩
這個烏心肝的世界

三十六歲的我
沓沓仔，抾三十六粒
紅吱吱的心事起來
這粒是保護生態的心
彼粒是母語傳承的心
猶閣有感謝天地的心

暗暝誠長
咱全心為島嶼寫詩
等待江湖有光
每一粒種子，攏是
為著明仔載的堅持
佮向望

【台音義注】

披甲（iā-kah）：灑得。

規（kui）：整個。

塗跤（thôo-kha）：地面。

恬恬（tiām-tiām）：靜靜。

沓沓仔（táuh-táuh-á）：徐徐地、慢慢地。

抾（khioh）：撿。

彼（hit）：那。

猶閣（iáu-koh）：還。

暗暝（àm-mê）：夜晚。

誠（tsiânn）：非常。

仝心（kāng sim）：同心。

攏是（lóng sī）：都是。

明仔載（bîn-á-tsài）：明天。

佮（kah）：和。

向望（ǹg-bāng）：希望。

徛家

心，是一片大大的天
日子的笑神
為伊加添色水

風，一陣一陣
彎來斡去
吹袂散的，是
愛的溫度

詩人踮故鄉
起一間厝，予冊蹛
輕輕仔看
世間的風景，親像樹仔
花字無全款
每一欉，攏是上婧的家己

【台音義注】

徛家（khiā-ke）：住家。

笑神（tshiò-sîn）：微笑、笑容。

彎來斡去（uan-lâi-uat-khì）：曲曲折折。

袂（bē）：不。

踮（tiàm）：在。

起（khí）：建造。

厝（tshù）：房屋。

予（hōo）：給予。

冊（tsheh）：書。

蹛（tuà）：居住。

花字（hue-jī）：紋路、文理。

無仝款（bô-kāng-khuán）：不一樣。

攏是（lóng sī）：都是。

媠（suí）：美麗。

靈感

日頭，輕輕流過草埔
搖出規天頂的笑聲
恬靜的詩，雄雄綴樹林
向咱，倚過來
有光的所在
詩，就徛會在

【台音義注】

草埔（tsháu-poo）：草坪。
規（kui）：整個。
雄雄（hiông-hiông）：突然。
綴（tuè）：跟、隨。
倚（uá）：靠近。
所在（sóo-tsāi）：地方。
徛會在（khiā-ē-tsāi）：站得穩。

心願

佇心肝頭揣一塊地
種落咱的向望
對塗跤發穎的葉仔
一片一款樣
交織出
一首嬌氣的詩

【台音義注】

佇（tī）：在。

揣（tshuē）：找。

向望（ǹg-bāng）：希望。

對（tuì）：從。

塗跤（thôo-kha）：地面。

發穎（puh-ínn）：發芽。

媠氣（suí-khuì）：完美到讓人激賞。

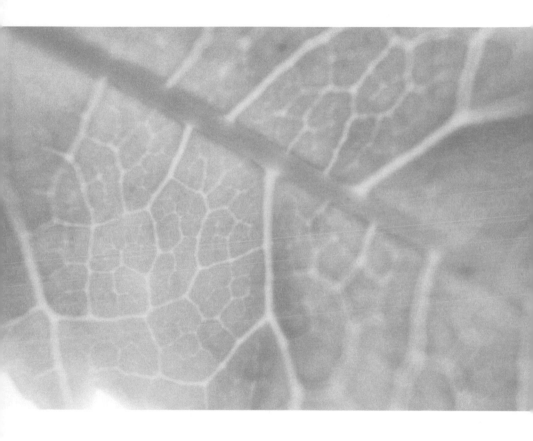

心適

綴微微仔雨行過
樹林的下晡時
咱將葉仔踏作一首詩
滋微仔滋微

【台音義注】

心適（sim-sik）：愉快。
綴（tuè）：跟、隨。
微微仔雨（bî-bî-á-hōo）：毛毛雨。
下晡時（ē-poo-sî）：下午。
滋微（tsu-bui）：怡然自得。

自然有詩
——寫予陳胤

彼一日，咱佇彰化聽詩
囡仔的聲嗽
唱出故鄉的記持

無偌久，你去台南寫詩
咱無仝所在
猶原佮詩鬥陣

明仔載，咱坐火車相閃身
詩，自然有安排
行過的小路攏是夢的田園

【台音義注】

予（hōo）：給予。

彼一日（hit-tsit-jit）：那一天。

佇（tī）：在。

聲嗽（siann-sàu）：語氣、口氣。

記持（kì-tî）：記憶。

無偌久（bô-guā-kú）：不久。

無仝（bô-kāng）：不一樣。

猶原（iu-guân）：仍舊。

鬥陣（tàu-tīn）：一起。

明仔載（bîn-á-tsài）：明天。

相閃身（sio-siám-sin）：擦身而過。

攏是（lóng sī）：都是。

好天
——吹鼓吹詩雅集寫真

彼工，天足清
白色窗仔
會使看著黃色的花

彼工，人真濟
咱將詩摻烏咖啡
啉一杯五月的酸甘甜

彼工，時間淡薄仔趕
心攏變甲燒滾滾
原來，日頭嘛來寫詩

【台音義注】

好天（hó-thinn）：晴朗。

彼工（hit- kang）：那天。

足（tsiok）：非常。

會使（ē-sái）：可以。

濟（tsē）：多。

摻（tsham）：混合、加入。

烏咖啡（oo-ka-pi）：黑咖啡。

啉（lim）：喝。

淡薄仔（tām-póh-á）：一點點。

燒滾滾（sio-kún-kún）：熱騰騰。

嘛（mā）：也。

卷三

寫
生

寫生

毋知海洋有偌大
逐暗佇頭殼四界泅
想欲掠一尾發金的魚
飼咧格仔紙
寫生

【台音義注】

毋知（m̄ tsai）：不知道。

偌大（juā-tuā）：多大。

逐暗（ta̍k-àm）：每天晚上。

佇（tī）：在。

四界（sì-kè）：到處。

欲（beh）：想、要。

掠（lia̍h）：捕、抓。

發金（huat-kim）：發光。

格仔紙（keh-á-tsuá）：稿紙。

夜景

月娘佇城市的暗暝
行過烏暗的小路
用閃閃爍爍的跤步
留落來，一首閣一首
恬靜的詩

【台音義注】

佇（tī）：在。
暗暝（àm-mê）：夜晚。
跤步（kha-pōo）：步伐。

相思

毋驚天地顛倒反
相思的時
著用月光來穿線
共愛準做鈕仔
幸福永遠袂走紗

【台音義注】

毋驚（m̄ kiann）：不怕。

顛倒反（tian-tò-píng）：上下顛倒相反。

著（tióh）：就。

共（kā）：把。

準做（tsún-tsò）：當成。

袚走紗（bē-tsáu-se）：紡織脫紗。

雨

雨水是寂寞的
對山頭行到山尾
留佇葉仔頂的目屎
是伊寫予天地的情詩

【台音義注】

對（tuì）：從。
予（hōo）：給予。

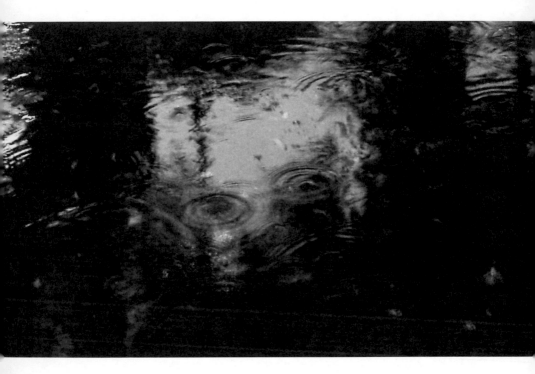

思慕

伊愛我，伊無愛我⋯⋯
花蕊偷偷仔吐大氣
愛情，就對思念的芳味
開始

【台音義注】

吐大氣（thóo-tuā-khuì）：深深的嘆息。

對（tuì）：從。

芳味（phang-bī）：芳香的氣味。

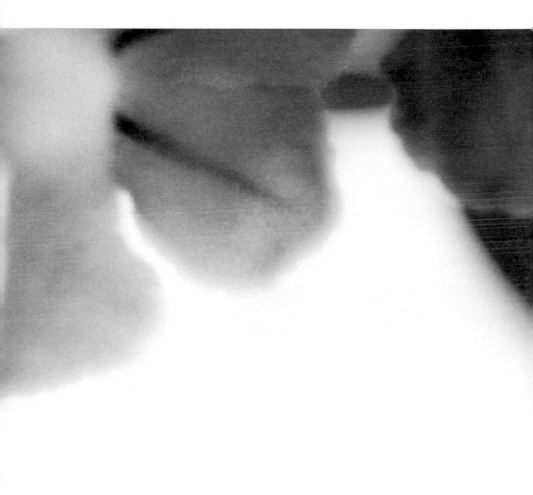

百襇裙

欲暗仔的一港風
對窗仔口
輕輕仔拗過來

衫弓仔頂懸彼領衫
勻勻仔咧等待
思慕的笑神

重重疊疊的水紅色
敢是糖甘蜜甜的色水

【台音義注】

百襇裙（pah-kíng-kûn）：百褶裙。

欲暗仔（beh-àm-á）：傍晚、快要天黑的時候。

對（tuì）：從。

拗（áu）：折。

衫弓仔（sann-king-á）：衣架。

頂懸（tíng-kuân）：上面。

彼領衫（hit-niá-sann）：那件衣服。

勻勻仔（ûn-ûn-á）：慢慢地、謹慎小心地。

笑神（tshiò-sîn）：微笑、笑容。

水紅色（tsuí-âng-sik）：粉紅色。

敢是（kánn-sī）：大概是。

相閃身

叫是幸福的故事
相拄的彼个人
竟然紮走上尾一幕劇情

慢一跤步
只好留佇多情的世界
繼續寫
愛的劇本

【台音義注】

相閃身（sio-siám-sin）：擦身而過。

叫是（kiò-sī）：以為。

相拄（sio-tú）：相遇。

彼个（hit ê）：那個。

紮（tsah）：帶。

上尾（siāng-bué）：最後。

慢一跤步（bān tsit kha-pōo）：錯過。

佇（tī）：在。

眠夢

睏袂去的時陣
就家己作一場夢
共世界當做眠床
空氣中，每一字
攏是刻佇心內的風景

【台音義注】

袂（bē）：不。
時陣（sî-tsūn）：時候。
共（kā）：把。
攏是（lóng sī）：都是。
佇（tī）：在。

袂等人

聽人講，火車袂等人
車箱一節閣一節
目一下眨
就開過月台

我坐佇樹蔭下跤
目睭裂開
日頭已經落山
原來，時間嘛無咧等人

【台音義注】

袂（bē）：不。
目一下瞬（ba̍k-tsit-ē-nih）：一眨眼。
佇（tī）：在。
下跤（ē-kha）：底下。
褫開（thí--khui）：打開。
嘛（mā）：也。

歷史

一本厚厚的冊
寫轉彎踅角的故事
行過春夏秋冬
有時勻勻仔吼
有時玲瑯踅
是非
就佇逐个人的心肝頭

【台音義注】

轉彎踅角（tńg-uan-se̍h-kak）：拐彎抹角。

匀匀仔（ûn-ûn-á）：慢慢地、小心謹慎地。

吼（háu）：哭。

玲瑯踅（lin-long-se̍h）：團團轉。

佇（tī）：在。

逐个（ta̍k ê）：每個。

夢想

青春是一張閣一張
日頭光寫的批
行過白茫茫的海湧
按大海彼頭
倒轉來
佇天佮雲中間
溫暖這个世界

【台音義注】

日頭光（jit-thâu-kng）：陽光。

批（phue）：信。

海湧（hái-íng）：海浪。

按（àn）：從。

彼頭（hit-thâu）：那端。

倒轉來（tò-tńg-lâi）：回來。

佇（tī）：在。

佮（kah）：和。

這个（tsit-ê）：這個。

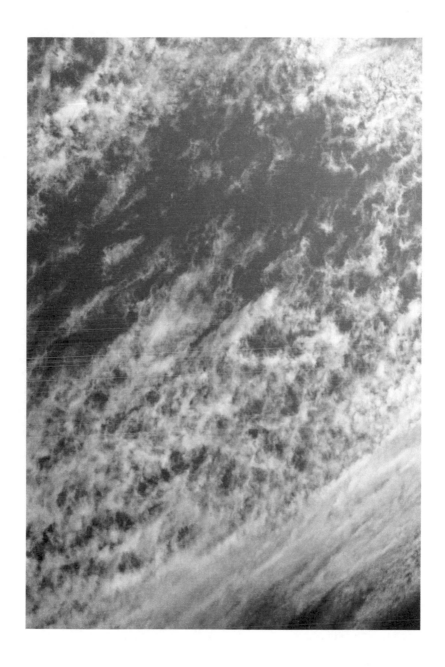

【話尾】
寫一首詩予台灣

誠濟人感覺現代詩毋好理解，台語詩完全攏看無，其實台語詩袂比華語詩困難，只要會曉講台語，就有才調試看覓。

我一直認為，文學佮藝術表演仝款，語言親像門票，只要會曉聽、講、讀、寫其中一項，就有機會看這場表演，體會這個語言創作的美麗。語言能力的好歹，親像貴賓票佮普通票的差別，輾轉的人坐頭前，頂顢的人坐樓頂，雖然大家坐無仝位，猶毋過看的是仝一場表演，只是角度無仝爾爾。嘛因為看的角度無仝款，每一个人才會使寫出家己的論點。

讀碩士班時，我捌選修向陽老師的「台語文學專題」，選的時陣並無感覺家己袂曉台語，上課了後，才知影台語的天地有偌爾仔闊、偌爾仔婿，嘛才發覺我無法度完全用台語來報告。一開始，佮台語文學的緣份是用華語來寫台語詩評論，誠濟年後，我總算會當用台語寫出心內話，無的確寫台語就是靠憨膽。

《月光情批》分作三卷，第一卷是寫予台灣的詩，有讀歷史看台灣的思考，嘛有對台灣這片土地的向望，其中，〈走揣你的名〉是我寫的第一首台語詩，發表佇《半線文化》，〈月光情批〉予我得著人生頭一个詩獎，真多謝評審的肯定，予我有信心佇台語這條路繼續行落去。

第二卷是參加文學活動了後，心肝頭的一寡感想，內底有創作的心情，閣有對文學先進的感謝佮祝福，〈純園歌聲真〉、

〈純園故事〉、〈有心〉、〈徛家〉攏是寫予吳晟老師，替關心文學嘛關心生態環境的詩人，留落淡薄仔記錄。第三卷是生活的寫生，期待無論社會、文化抑是母語，攏會使愈來愈好。

我無想著家己有一工會當寫出一本台語詩集，感謝前輩的打拼，予咱看著台語詩的日頭光，嘛向望少年朋友共同來寫一首詩予台灣。

二〇一八年十二月十五日　李桂媚

語言文學類　PG2272　吹鼓吹詩人叢書43

月光情批
——李桂媚台語詩集

作　　者／李桂媚
主　　編／蘇紹連
責任編輯／石書豪
圖文排版／周妤靜
封面設計／劉肇昇

發 行 人／宋政坤
法律顧問／毛國樑　律師
出版發行／秀威資訊科技股份有限公司
　　　　　114台北市內湖區瑞光路76巷65號1樓
　　　　　電話：+886-2-2796-3638　傳真：+886-2-2796-1377
　　　　　http://www.showwe.com.tw
劃撥帳號／19563868　戶名：秀威資訊科技股份有限公司
　　　　　讀者服務信箱：service@showwe.com.tw
展售門市／國家書店（松江門市）
　　　　　104台北市中山區松江路209號1樓
　　　　　電話：+886-2-2518-0207　傳真：+886-2-2518-0778
網路訂購／秀威網路書店：https://store.showwe.tw
　　　　　國家網路書店：https://www.govbooks.com.tw

2019年12月　BOD一版
定價：220元
版權所有　翻印必究
本書如有缺頁、破損或裝訂錯誤，請寄回更換

國家圖書館出版品預行編目

月光情批：李桂媚台語詩集 / 李桂媚著. -- 一版.
　-- 臺北市：秀威資訊科技, 2019.12
　　面；　公分. -- (語言文學類；PG2272) (吹
鼓吹詩人叢書；43)
　BOD版
　ISBN 978-986-326-766-9(平裝)

863.51　　　　　　　　　　　108020930

讀者回函卡

感謝您購買本書，為提升服務品質，請填妥以下資料，將讀者回函卡直接寄回或傳真本公司，收到您的寶貴意見後，我們會收藏記錄及檢討，謝謝！
如您需要了解本公司最新出版書目、購書優惠或企劃活動，歡迎您上網查詢或下載相關資料：http:// www.showwe.com.tw

您購買的書名：_____

出生日期：_____年_____月_____日

學歷：□高中 (含) 以下　　□大專　　□研究所 (含) 以上

職業：□製造業　□金融業　□資訊業　□軍警　□傳播業　□自由業
　　　□服務業　□公務員　□教職　　□學生　□家管　　□其它_____

購書地點：□網路書店　□實體書店　□書展　□郵購　□贈閱　□其他

您從何得知本書的消息？

　□網路書店　□實體書店　□網路搜尋　□電子報　□書訊　□雜誌
　□傳播媒體　□親友推薦　□網站推薦　□部落格　□其他_____

您對本書的評價：(請填代號　1.非常滿意　2.滿意　3.尚可　4.再改進)

　封面設計____　版面編排____　內容____　文／譯筆____　價格____

讀完書後您覺得：

　□很有收穫　□有收穫　□收穫不多　□沒收穫

對我們的建議：_____

_____

_____

_____

11466

台北市內湖區瑞光路 76 巷 65 號 1 樓

秀威資訊科技股份有限公司　　　收

BOD 數位出版事業部

....

（請沿線對折寄回，謝謝！）

姓　　名：＿＿＿＿＿＿＿＿＿　　年齡：＿＿＿＿　　性別：□女　□男

郵遞區號：□□□□□

地　　址：＿＿＿＿＿＿＿＿＿＿＿＿＿＿＿＿＿＿＿＿

聯絡電話：(日) ＿＿＿＿＿＿＿＿＿　(夜) ＿＿＿＿＿＿＿＿＿

E-mail：＿＿＿＿＿＿＿＿＿＿＿＿＿＿＿＿＿＿＿＿